K a m i s a m a n o K u s y a m i

Senryu magazine
Colleccion No.16

神様のくしゃみ

山田恭正川柳句集

Yamada Yasumasa
Senryu Collection

新葉館出版

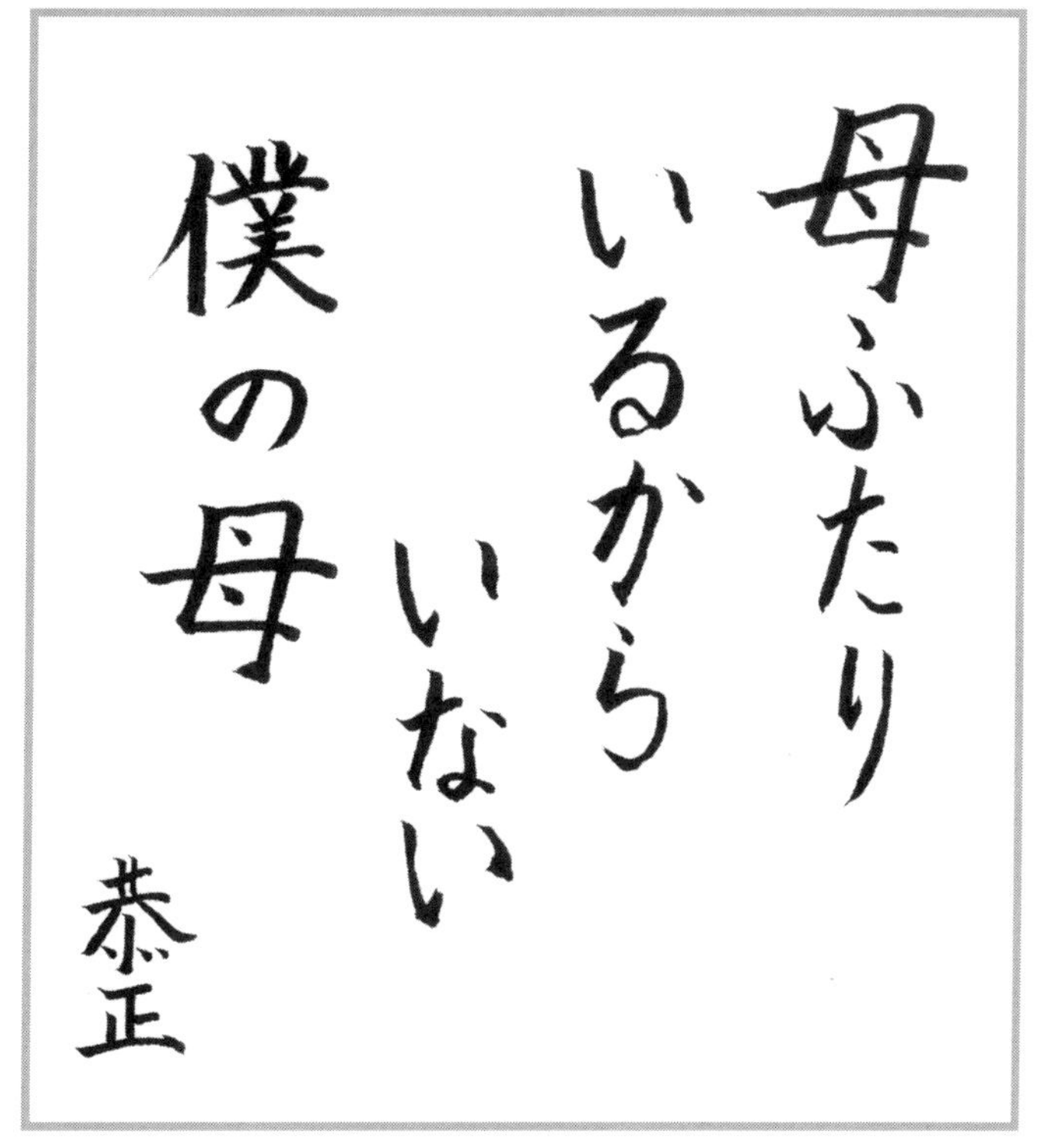

第16回川柳マガジン文学賞大賞受賞作より
書：著者

母ふたり

（第十六回川柳マガジン文学賞大賞受賞作品）

母ふたりいるからいない僕の母
五歳の僕は母にさよなら言えたのか
アルバムに母が千切れている写真
五十年振りの母子にある微熱
認知症という鎧を纏う母

母親が尋ねる僕の誕生日
金銭が絡むと頭冴える母
死んだらみんなあんたのもんやという棘
溜めるだけ溜め込んだまま逝った母
母ふたりいるからふたりいる私

神様のくしゃみ ■ もくじ

神様のくしゃみ

第一章　なるようになる

なるようになると裸になってみる
大袈裟な話大袈裟に頷く
生きるとは厄介ひとを好きになる

ひと匙の蜜を垂らして自己評価
比べたりするから幸せが逃げる
自分との約束変更は自由

ついた嘘薄める為によく喋る
やさしさが絡みだしたら解けない
言い切った語尾の雫をさっと拭く

♯♭使いこなせて大人です
ジャンプしているのに誰も気付かない
一線に並ぶと左右見てしまう

男からすればつまらん男です

冷静になればどうでもいい話

元気ですエンゲル係数高いです

やり切ってゆっくり泥になってゆく
モノクロに綺麗な色が付く記憶
ひとしきり騒いで闇の中にいる

気楽だと言えば気楽な片想い

昨日とは違うところに句読点

平熱は高いが沸点は低い

共有の秘密が絆太くする

先頭を走る潔いと思う

こころもち気のある人に椅子が寄る

一番になる楽しみがある二番

二つ三つ素数を持って生きている

四捨五入たぶん今度も四だった

アバウトにみせて計算ちゃんとする

無防備になる為に飲む三杯目

電話では言えぬがメールなら打てる

切り取った構図にいつもいたあなた

枯れるまで花盗人を待っている

迂闊にも素顔のままで売った媚び

花も実も落ちて素顔に宿る笑み

途中下車するのはいつも夢の中

万策が尽きてたこ焼き食べている

への緒が切れてドラマの幕が開く

ライバルに意識されない口惜しさ

何かするたび何かを探すロスタイム

妥協するたびに鱗を剥がされる
嘘ひとつ混ぜて話を盛り上げる
末席に座ると見える風の向き

上達が止まるドレミのファのあたり

切られるの分かってるのに伸びる爪

ロボットの出来ぬ仕事をヒトがする

嫌いとは言えずに好きでないと言う

適量の判断呑む前は出来る

次降りるベルを終点だけど押す

アドバイスされて迷いが深くなる
曖昧に笑い大人の仲間入り
欠け落ちた記憶をアルバムに探す

冗談で好きかと訊くと頷かれ

白黒をつけず笑って灰になる

人伝に聞く褒め言葉胸に沁む

幸せに少し自由を奪われる
正直な人だ笑いを隠せない
会う度に同じ話で盛り上がる

たとえばと三人称で話し出す
そうあって欲しい予想を信じたい
思い切り泣け笑うまで待っている

肯定もせず否定もせずに聞き上手
ほんとうのことはすらすら言えません
黙っている方の言い分正しそう

ふたりならあとくされない多数決

純血が好きな人間みな雑種

以上でも以下でもないという安堵

まだともうご都合主義で使い分け

目を逸らすだけで示した意思表示

マンネリのなかに気付かぬ幸がある

代役がいなくて出来ぬ途中下車

つまらないことだけ忘れない海馬

時々は弱音を吐いて生き上手

足元のチャンス気付かず踏んでいる
純白の頑固さだけは手に負えぬ
侮れぬいつも笑顔を絶やさない

ほとんどは読み返さない古日記

半分こしました今日の泣き笑い

手の届くところにリモコンを四つ

変化球覚え直球投げられぬ
百点でないから次も頑張れる
握手する力加減が難しい

人間を続けるちょっと金が要る

知り過ぎて皆と一緒に笑えない

恥ずかしくなってお金を引っ込める

ひらがなの嘘ならひらがなで許す

あの人も一時間ほど待っている

並んで座っても見るものは違う

沈黙がここにいるよと主張する

飲んだ気も飲んでない気もする薬

消しゴムの滓に混じっている本音

人間の弱みに夢を売りに来る

字足らずか字余りになるサヨウナラ

控え目に手を挙げたのに当てられる

第二章　狐拳

ＡＩに勝てるとしたら狐拳

断捨離の最後に残る生殖器

縦長の窓には縦長の景色

朝にジェネリック夕べに発泡酒

褒め方のコンクールです披露宴

限定というフレーズにある魔力

目を入れた達磨は粗大ゴミになる

神様と人間の距離０と１

見送りに一本道は適さない

踏みそうになった蟻にも影がある
蟹だってほんとは前へ歩きたい
一匹の蚊に安寧を乱される

こんなにも自由でこんなにも孤独

損得勘定ばかりして貧乏

美しく賢くそして不幸せ

ロボットが正規ニンゲンは非正規

クリックで瞬間移動するキャッシュ

コンビニとスマホがあれば生きられる

高齢化の縮図昼に乗る電車

中吊りで読んだ気になる週刊誌

守秘義務が鏡にはある試着室

正座した足が他人になる読経

核心に触れずに探る着地点

イレギュラーした球にある神の意志

本音ばっかりでも殺伐となる世
振り込め詐欺と同じ数だけある孤独
団塊の生きた昭和にある微熱

一枚の布で女を演じます
恋でしか恋の痛手は癒やせない
生き様を晒す女の脱衣籠

両の目で痛いと叫ぶ歯科の椅子

上巻を貰い下巻を買う羽目に

遠くから見るから富士は美しい

二所帯で住んでスープで火傷する

乾杯の音頭も軽い紙コップ

フレンチからおでん恋は今佳境

三択よりも二択の方が難しい

難解の最たるものに恋心

甘辛という絶妙なさじ加減

客が減る訳を知ってる招き猫

赤ちゃんを囲む笑顔の百面相

パン屑の大きさ自慢してる蟻

線一本引いて外れる阿弥陀籤

天辺を下りると風がそっぽ向く

反省をしているように陽が沈む

煮詰まった恋にびっくり水を差す

行列に以下同文の貌並ぶ

まだ使えそうだ切り札裏返す

SとL同じ値段が癪の種

金で済む話だけれど金が無い

納豆を混ぜる怒りが箸を折る

短編の恋なら出来る林住期
熱ある視線に女磨かれる
そこからは進入禁止ですかしこ

アドリブで涙をみせてこそ女

ひとりではバランス悪い観覧車

帆を上げた途端に凪になる不運

帳尻は合いましたかと鯨幕

義理で来た顔もちらほらいる個展

哀しみの数だけ派手になるピエロ

メデタシで終わる話の後日談

曲がり角いつも小さなサプライズ

転んでも人それぞれに運不運

なんぼでもあるぞと小銭なら出せる

とりあえずビールと言えぬフルコース

ボルドーの栓抜く吉事なく5年

偶然のように必然成り済ます
濁点を取ればすっきりする話
なにごともなかったように順不同

土壇場で寝返ることがある無欲

落し穴から見上げる空もまた青い

パワハラを飲み屋でチャラにした昭和

打ち方が下手だと文句言えぬ釘

足して2で割ったあたりにあるベター

切り札も出しそびれると唯の札

有り余るあやうさ載せている地球
欲望を詰めてニンゲンというカタチ
たっぷりと墨を含んだ筆の鬱

ひと手間を掛けて料理が不味くなる
進化する程に不便になってゆく
前からは見えぬが横からは見える

本人は納得していない遺影

念入りに念入りにする薄化粧

頼むより断る方が難しい

どうにでもして下さいと溶き卵

引き分けにしときましょうと昼の月

企みをふっくら隠す曲線美

膨らんだ分だけ大きな破裂音

百態の孤独スクランブル交差点

満天の星と星とにある遥か

墨痕が残す余白にある宇宙

天国へ行くパスワードARIGATO

延命の管だけヒトから遠くなる

第三章　天狗の鼻

すぐ折れる天狗の鼻を持っている
褒められて踵を床に下せない
白が好きあなたの好きな白が好き

鮮やかな逆転劇にいる敗者

曲線にあって直線にない色気

円にはなれぬどこまでも多角形

手招きをされて私の軽さ知る

ところにより雨のところにいる私

飛ばし読みされたページにいた私

笑うしかなかった四度目の不運
ついた嘘ウソだったとは言い難い
トキメキの種にせっせと水をやる

呑み込んだ本音で逆流性胃炎

幸運の隣にいつもいる不運

その内に閃くだろう肘枕

良い季節だったと思う一周忌

師とふたり二合の酒で三時間

モノクロの海を見ている私の背

風を詠むたぶん即興詩人だな

ロゴスの森に探す私の一行詩

ボタンひとつ外し私の自由律

横書きに思いの丈は綴れない
片恋の人に半音上がる声
臆病になる大好きな人だから

林住期たぶん私の絶頂期

わたくしを叱る私は生ぬるい

躓いたところが私の現住所

今頃になって嫌いと言われても
あの人にとって私は通過駅
不純物混ざった僕でいいですか

ジグザグに生きて免疫力がつく

ライバルと言われ自分のレベル知る

生きるとは喜怒哀楽のミルフィーユ

成熟もいいが未熟も捨てがたい
生きている証し診察券が増え
気の弱さついい大声を張り上げる

はみ出ても所詮五コマの漫画です
番号を付けられ僕がいなくなる
雨上がる明日は許せるかもしれぬ

潔さだけは見事な投了図

傷口は浅い痛いと泣けるから

言い勝っただけに尚更残る悔い

しなくてもいい言い訳をして墓穴
膨らんだ夢を宥めている私
厄介なものです意地と正義感

階段でたまにしてみる二段跳び
出し惜しみせずに自分を使い切る
自分から走って風を創りだす

アホやなぁその一言で救われる

敗着を辿れば長考の一手

みっつ聞く頭に入るのはひとつ

以下余白夢は書かないことにする

似たような反省ばかり繰り返す

前ばかり見ずに時には振り返る

結論を出さないことも選択肢
徳俵まだ頑張れと神が言う
逡巡を断ち切るように俄雨

決断が鈍らぬうちに口にする

推敲の余地が十分ある余生

追い風に自分のリズム崩される

常温の水で自分を取り戻す

美しい仮面つけると外せない

錆びぬようい つも動いている私

過去形でなら時々は褒められる
失敗の前に言い訳考える
ひとりでも味方がいれば頑張れる

シースルー布一枚にある気品
あの人とマイムマイムをもう一度
不確かものを発酵させている

千円を貸して失う友ひとり
唇に歌があるから明日がある
今日の憂さ沈めて風呂の栓を抜く

窮屈なところで捏ねている理屈

たくさん泣いたからたくさん笑える

涙跡辿ればわたくしの起点

微調整しました明日はやれるはず

曖昧な約束微熱持つ小指

均等にネジを緩めて生きている

天辺もどん底もまた通過点
過去形にすると未来がみえてくる
満天の星にそれぞれある明日

手付かずの明日が私を待っている

溜息を入れて風船ポンとつく

人生の午後日が暮れるまで遊ぶ

うんうんと頷くことで加勢する
やることはあるけど暇といえば暇
無駄なこと二つ三つして日が暮れる

その辺で一度改行しませんか

ごく稀に良いこともあり生きている

二度三度味わっている褒め言葉

とりあえず葛根湯を飲んでみる
昨日より今日より明日が楽しそう
神様のくしゃみが変える風の向き

あとがき

神様のくしゃみかどうかは別にして、何かの拍子に人生の風向きが変わることがある。

なるようになると思えば、人間万事塞翁が馬、一歩前へと踏み出せる。

狐拳もそうだが、アナログ人間の矜持としてＡＩに勝てるものが、何かあればいいなあと思う。

すぐ折れるが、すぐ伸びる**天狗の鼻**を持っている。褒められるというのは人間の弱点であり、自慢するというのは人間の欠点ではないだろうか。

さて、大賞には、受賞記念出版という厄介な副賞が付いていた。句集を出すことなど、川柳歴も浅く未熟な私には、「夢のまた夢」、「十年早い」といった感じで、大きなプレッシャーであったが、大きなチャンスでもあると思い、とにかく句づくりに励んだ。

当初は、半分ぐらいを受賞前に作った句で構成するつもりであったが、結果的に出来上がった句集は、4分の3が受賞後に作った句で構成されることになった。

それは、作業の過程で、少しでもより良いものに、少なくとも私自身が楽しめる句集にしたいという気持ちが段々に強くなっていったからだ、と思う。

その意味で、やり切った感はあるが、ただただ自己満足で終わっていないことを願うばかりである。そして、ひとりでも私の句集を楽しんで下さった方がおられたら、それにすぐる喜びはない。

最後に、私を川柳初級講座から川柳の世界に誘って下さり、句集作成においても、最初から最後まで御指導して頂いた山田順啓先生に、心よりお礼を申し上げたい。ほんとうに有難うございました。

また、大賞受賞記念出版という栄誉を与えて下さった新葉館出版と松岡恭子さんにも感謝の意を表したい。

令和二年　八月吉日

山田恭正

●Profile
山田恭正（やまだ・やすまさ）

1950年生まれ。奈良市在住。
番傘川柳本社同人・奈良番傘川柳会会員・あすなろ川柳会会員・ぐるうぷ葦会員・川柳マガジンクラブ奈良句会世話人。
2016年12月号より「川柳マガジン」に投句を開始。
座右の銘は「窮すれば変じ　変ずれば通ず　（易経）」

神様のくしゃみ
川柳マガジンコレクション16
○
令和2年11月12日　初版発行
著者
山田恭正
発行人
松岡恭子
発行所
新葉館出版
大阪市東成区玉津1丁目9－16 4F 〒537－0023
TEL06－4259－3777 FAX06－4259－3888
http://shinyokan.jp/
印刷所
明誠企画株式会社
○
定価はカバーに表示してあります。

ISBN978-4-8237-1047-6